글시
벗선
153
송연화 시인의 열다섯 번째 시집

추억의 길

송연화 지음

도서출판 글벗

추억의 길에서 축복의 뜨락을 걷다

단비가 축복의 땅 마른 흙 적셔주고
기쁨의 선물이라 하루가 축제 같네
뒷마당 즐거운 뜨락 사랑꽃이 피었네

참나무 구멍 뚫어 콕콕콕 심어주고
사랑으로 토닥토닥 세상 밖 얼굴 쏘옥
만나자 기쁨의 그날 기다리는 표고여
 - 시조 「축복의 뜨락」 중에서

 어느덧 열다섯 번째 시집을 발간하게 되었다. 시와 시조
를 매일 쓴지 어느덧 여러 5년째다. 함께 하는 글벗문학회
회장님과 글벗 가족들이 있기에 가능한 일이다.
 내게 있어서 글쓰기는 축복의 뜨락이요 추억의 길이다.
온 마음으로 축하해주고 응원해준 가족과 글벗 회원들께
감사하다. 무엇보다도 나의 스승이신 최봉희 회장님께 감
사의 마음을 전한다. 더욱 열정을 다해 글벗 시인으로서
부끄럽지 않데 더욱 공부하고 노력하리라.

2021년 12월

차 례

제1부 축복의 뜨락

제2부 선물 같은 하루

제3부 꽃들의 향연

제4부 그리운 임이여

제5부 하얀 조각배

제1부

축복의 뜨락

생태공원

수변생태 문화공원
한 바퀴 둘레길을
걷고파 찾았더니
코로나 무서워서
출입구
밧줄로 꽁꽁
옴싹달싹 못했네

아쉬움 뒤로 한체
멀리서 사진 담고
호수랑 파란하늘
봄 오는 들녘 보며
풍경에
취해본 하루
풍덩풍덩 즐겼네

손녀의 재롱

해맑은 웃음소리
손녀의 재롱잔치
살포시 안기어준
기쁨의 사랑이야
천사야 보고 싶구나
우리들의 사랑 꽃

하늘을 나르는 듯
폴짝폴짝 뛰는 아가
까르르 메아리가
산 능선 넘는 구나
널 보면 모든 시름이
바람처럼 지나간다

14_ 추억의 길

봄의 요정

톡톡톡 간질간질
봄노래 부른다네
꽃망울 터질듯이
가득히 올망졸망
알사탕 부풀어 올라
봄의 왈츠 랄랄라

겨우내 긴 잠자고
일어난 꽃나무들
영양을 주었더니
꽃망울 동글동글
화사한 미소 지움이
만나자고 하네요

겨우내 쌓인 먼지
봄비가 씻어주고
무지개 타고오신
봄 요정 고운빛깔
우리 집 사랑 둥이들
꽃샘추위 이기자

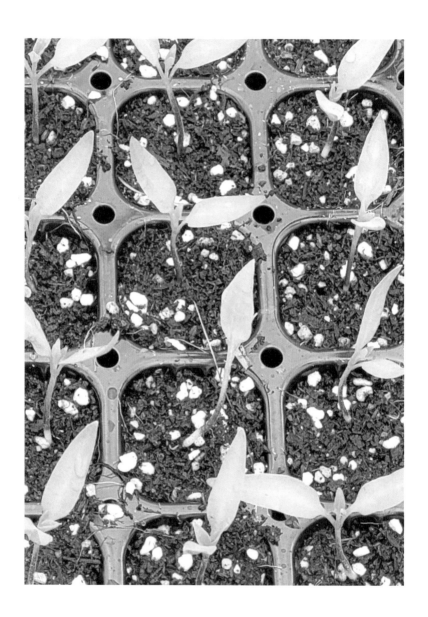

고추모

검은흙 이불 덮고
고운 꿈 꾸었드냐
옹알이 시작이야
연두 싹 두 팔 벌려
발 돋음 만세 부르네
어절씨구 좋구나

꽃피는 봄 이련가
고추모 도란도란
떠나자 들녘으로
별보고 달도 보며
해님과 놀고 싶어라
돌아오라 사랑아

18_ 추억의 길

하루의 일상

상큼한 아침햇살
마당에 드리우고
장독대 따스함이
손끝에 전해오는
소중한 하루의 일상
행복한 집이라오

분주히 왔다갔다
방앗간 다녀오고
들기름 고춧가루
하나 둘 준비하며
한해의 먹거리 준비
내 손끝에 달렸네

새들이 몰려와서
신이나 노래하고
즐거운 나의 집은
언제나 시끌벅적
일상을 보내는 하루
즐거움이 넘치네

봄이 왔어요

뜰에 봄이 왔어요
파랗게 싹터 올라옴이
사뭇 싱그럽고

상큼한 바람이
야윈 뜰에 고운 봄을
살며시 모셔왔기에

달래 부추도 쏘옥
쪽파도 쑥쑥
뜰엔 새싹들의 집합

햇살이 간지르면
두런두런 봄의 속삭임
와르르 몰려들겠지

포실한 고운 흙
향긋함이 넘치는 둘레
뜨락은 언제나 정겹네

노랑나비

하우스 노랑나비
한 마리 하늘하늘
날갯짓 어여쁘네
봄 알림 와줬구나
고맙다 꽃피면 만나
사랑사랑 나누자

사뿐히 앉았다가
또 다시 살랑살랑
이른 봄 찾아와준
봄 손님 노랑나비
기쁨의 하루였어라
너를 만나 기쁘다

염소 가족들

가을에 맞아들인
염소들 숫자 늘어
대 가족 되어있네
처남 매부 함께 만든
둘레길 염소 우리 안
활기차게 뛰노네

따스한 놀이터에
희망과 꿈이 자라
염소들 음메음메
아기염소 훌쩍 자라
조만간 엄마 된다네
부농의 꿈 이루리

봄비 오는 날

해님이 숨어버린
어둑한 하늘에는
반가운 단비 솔솔
꽃단장 신이 나서
들녘은
싱글벙글이
촉촉함에 신났네

봄비에 농부들도
덩달아 신나겠지
밭고랑 비닐작업
말끔히 농사준비
오늘은
봄비 오는 날
꽃 데이트 해야지

전통 먹거리

마음은 저만치 달려가고
새벽부터 복닥이는 맘
끌어안고 달린다

엿질금 삭여 찹쌀 풀 쑤고
고운 고춧가루 메주가루
고로쇠물로 섞어 섞어 완성

매콤하니 달콤하고
쫀득쫀득 찹쌀 풀에 어울려
반지르한 고추장 모습

노랗게 만들어진 된장
지금 먹어도 구수한 맛
한살먹고 숙성되어 만나자

항아리 가득품은 먹거리
매일매일 반짝반짝
닦아주고 사랑해주리

무 시래기

천장에 주렁주렁
무청은 시래기로
바스락 건조되어
삶아서 식당으로
손님들
입맛 돋우는
추어탕의 별미야

엄마의 솜씨 흉내
부치기 시래기밥
가족들 챙기는 맘
정성과 사랑이야
귀한몸
무청 시래기
두런두런 어울림

쓴 소리

잘돼라 타이른 말
허공에 메아리로
어쩌니 귀한아들
엄마는 애가 타네
독신을 고집하는 널
이해할 수 없구나

또 다시 선보자고
쓴 소리 하고픈데
효도가 따로 있나
짝 만나 알콩달콩
결혼해 사는 모습을
보고 싶을 뿐이야

뜨락에서(1)

뜨락엔 고운햇살
살포시 내려앉아

봄바람 살랑살랑
좋아라 호미 들고

꽃밭에
잡풀 뽑아서
깔끔하게 봄맞이

살며시 실눈 뜨고
새싹들 들썩들썩

꽃모종 방글방글
옹알이 시작이야

뜨락은
풀꽃들 향연
잔치잔치 열렸네

비료 살포

포실한 흙 밟으며
밑 비료 뿌려주고
봄바람 간질간질
살며시 다가와서
땀방울
닦아 주더니
소리 없이 슝 가네

봄날의 농사준비
하나 둘 진행되어
마음은 풍선되어
가볍고 산뜻하니
희망은
두둥실 높이
태산처럼 쌓이네

38_ 추억의 길

소나무

사계절 당당하게
늘 푸른 소나무가
솔방울 자식씨앗
품안에 보물품고
바람을 기다렸구나
데구르르 솔방울

해맑은 아침 햇살
까르르 웃어주면
소나무 신이 나서
더 덩실 흔들흔들
자연과 어울림 되어
반짝반짝 빛나네

최고 멋진 날

인덕이 남실남실
즐거운 이 하루가
나에게 최고의 날
넘치는 큰 상 받고
모두들 축하의 인사
입은 귀에 걸렸죠

열심히 진솔하게
글 쓰며 살다보니
이렇듯 좋은 날에
이름 석 자 남기네
얼씨구 가문의 영광
남편이 더 신나요

축복의 뜨락

단비가 축복의 땅
마른 흙 적셔주고

기쁨의 선물이라
하루가 축제 같네

뒷마당
즐거운 뜨락
사랑꽃이 피었네

참나무 구멍 뚫어
콕콕콕 심어주고

사랑으로 토닥토닥
세상 밖 얼굴 쏘옥

만나자
기쁨의 그날
기다린다 표고 버섯

미역국

믹서기 들깨 갈아
미역국 팍팍 끓여
으스스 몸살 나서
한 사발 먹고 나니
온몸이 나른해져서
땀 흘리며 쉼하네

기운은 나락으로
추락해 어지럽고
괜스레 겁이 나네
못된 병 아니겠지
머리는 나쁜 생각에
뜬 눈으로 지샜네

봄의 대행진

새 봄의 길목에서
틈새의 하루 빛이
고와라 포슬포슬
비온 뒤 나뭇가지
톡톡톡
꽃망울 맺혀
싱그러움 날리네

들녘도 개울에도
일제히 손뼉 치며
저마다 소풍 나와
새살이 돋아나는
연두의
봄의 대행진
즐거워라 랄라라

48_ 추억의 길

추억의 길

흰 구름 떠다니는
파란 하늘엔
그리움 가득 실은
또 하나의 봄꽃 편지
구름 되어 흐른다

웃음 짓는 모습들
추억의 길 저편에
사연과 여운으로
삶을 떨리게 하고
봄바람 살랑인다

지상에 머무르는
조잘대는 봄바람
눈부신 햇살과
너무 예쁜 하늘빛에
두 눈이 퐁당퐁당

목련꽃 부끄러운
속살 들어내는 삼월

가슴속 아련함으로
멀어져간 추억들은
그리운 꽃 몽올몽올

푸르른 저 하늘가
흰 구름에 봄꽃편지
가득 실어 보내면
흘러흘러 도착하겠지
내 그리운 사람에게로

제2부

선물 같은 하루

비닐 씌우고

여명의 아침 맞아
이웃집 아저씨와
세군데 밭 비닐을
씌우고 흐뭇한 맘
한해의 농사준비 끝
부푼 가슴 벅차네

무엇을 심어볼까
밭 가득 채워나갈
농작물 바라보면
이 세상 그 무엇도
나는야 부럽지 않네
새 희망을 걸었지

즐거운 하루

봄날의 하룻길에
햇살을 등에 지고
뽀송한 흙 헤집고
상추를 심어본다
이랑에 콕콕 집짓고
기쁨으로 오리라

쪽파와 실파 심고
토닥여 가꾸면서
알토란 풍년 기원
또 다른 희망 켜네
지인들 나눔 해야지
벌써부터 헤벌쭉

56_ 추억의 길

개나리

울 밑에 개나리꽃
우르르 몰려와서

신나서 조잘조잘
지켜준 별무리들

봄 선물
한가득 담아
친구하고 놀자네

사는 게 별거더냐
꽃놀이 이곳에서

마음껏 즐기면서
즐겁게 살아보자

오늘도
그대랑 둘이
마주보며 꽃놀이

선물 같은 하루

선물 같은 신선한 아침
따스한 햇살은 옹기종기
장독대 위로 퍼지고

상큼한 이 순간 맞으며
소중한 시간을 아껴서
힐링의 문턱에 서본다

하늘 빛깔은 저리도
푸르고 곱기만 한데
마음 따라 꽃 여행 떠나볼까

확진자 나오지 않는
맑은 날 총총히 오면
더 없이 좋으련만

금빛 날개를 달고
푸르른 하늘을 훨훨
맘껏 날아 보자

꽃망울

알사탕 꽃망울들
동글이 옹기종기

형제들 둘러앉아
기쁨의 날 기다리네

아뿔싸
가슴 놀래라
누가누가 터질까

귀여움 독차지할
그런 날 돌아올까

마스크 가린 임들
기다려요 하염없이

손잡고
들로 산으로
채워가요 빈 가슴

진달래꽃

긴 시간 기다렸다고
진달래꽃 앞동산을
연분홍으로 물들이고
설렘으로 울렁인다

짧은 만남이지만
그 여운은 오래도록
가슴이 멀미나도록
진하게 머무른다

진달래 꽃잎 따서
찹쌀가루 화전 만들어
동네 할머니들께
추억을 선물할까

좋아라 하실까
정신이 오락가락
손등 꼬집는 할머니
화사하게 웃으실까

친구가 좋다

서울서 절친 친구
그립고 보고 싶어
한달음 내려왔네
정 많고 멋진 친구
나는야 친구가 좋다
너랑 나랑 찐 사랑

속마음 속닥이고
신나서 조잘조잘
밤새워 이야기꽃
날 샌 줄 몰랐어라
와 줘서 정말 고맙다
사랑스런 친구야

밖으로 샤방샤방
카페로 식당으로
덕분에 호강이야
고단함 잠시 잊고
귀하게 보내는 시간
노래듣고 좋아라

감자 심어요

두 사람 함께하는
첫 농사 감자심기

눈 따서 콕콕이로
비닐 속 터널 안에

정성껏
감자 심어요
풍년으로 와주렴

충분히 긴 잠자고
뾰족이 고개 들고

겉으로 세상구경
와 줄래 텃밭으로

만남은
언제나 설렘
두근두근 이 마음

명이나물

여리디 여린 모종
명이나물 공수해와
정성껏 심었다네
이웃과 지인들께
나눔을
할 수 있으리
다산가족 되거라

짙푸른 성장으로
향기의 마늘 내음
자라서 풍성하면
산 마늘 건강식품
장아찌
새콤달콤이
입맛 살려 주겠지

단비(I)

짙은 회색빛 하늘엔
솔솔 단비가 내리고
들녘은 꿈으로 달린다

연두색 이파리들
물결일 듯 출렁이며
봄은 한발 가깝게 오네

차분히 내리는 단비
바쁜 일상 잠시 접고
글 밭에 즐거운 휴식

가끔은 고단한 몸
편히 쉬어 가는 것도
지혜로운 방법 아닐까

마음으로 교감하는
시인님들의 고운 시에
맘껏 취하여 볼까나

목련꽃

봄 햇살 간질간질
목련꽃 다소곳이

미소로 다가와서
수줍어 말 못하고

행복한
그대 모습을
물끄러미 본다네

햇살에 나폴 나폴
손사래 치는 숨결

두 눈이 반짝반짝
이런 게 사랑이야

꽃 몸살
지독한 향기
꽃 사랑에 해 지네

해오름

숲속에 해님 빼꼼
해오름 말간모습

반갑게 아침인사
나눔의 하루시작

오늘은
예쁘게 살자
살랑살랑 그대랑

둘레길 자박자박
앞서거니 뒤서거니

굵어진 허리둘레
걸으며 줄여보자

푸르른
뚝방길 따라
걷다보면 집이네

달님의 마중

깊은 밤 달려와 준
달님의 마중으로
신선한 감동선물
모두들 잠든 이 밤
행복한 꽃길 달릴까
부서지는 달빛 꿈

자연이 주는 감동
상큼한 사랑이야
반지르르 비춰주는
달님의 하얀 미소
이보다 더 좋을쏘냐
행복한 밤 보내리

수양벚꽃

바람에 하늘하늘
새 각시 머리 땋아
바람을 일으키는
연분홍 수양벚꽃
늘어진
멋진 모습에
넋을 잃고 보누나

화려한 몸부림에
조로롱 꽃잎들은
외줄타기 묘기행진
고운임 기다리나
휘파람
휘휘 부르네
어서어서 오라고

씨앗 파종

포토 속 작은집에
옥수수 씨앗파종
한 알씩 고이심어
싹 틔움 기다린다
희망 등 걸어 두고서
내일위해 일하네

고운 꿈 가득품고
정성껏 키움이야
한 알의 씨앗들이
두통의 옥수수로
총총히 돌아올 그날
박수치며 만나리

민들레(I)

민들레 소담스런
화사한 모습이야

추위와 성난 바람
긴 겨울 이겨내고

어여쁜
꽃을 피워낸
네 모습이 장하다

길가에 올망졸망
모여서 조잘조잘

너와 나 눈웃음에
꿈인지 생시인지

꽃길을
사부랑대는
꽃 데이트 하는 중

봄나들이

햇살이 온 누리에
포근히 내려 앉아
뚝방에 호미 들고
봄나들이 나왔어라
온 들녘
푸르름 가득
봄나물이 넘치네

달래 캐 다듬어서
고추장 양념하고
민들레 데쳐 삶아
된장에 조물조물
삼겹살
채소 쌈으로
배불뚝이 되었네

86_ 추억의 길

두 아들

너를 만나고
돌아서는 발걸음
가벼움이야

엄마의 정성으로
만든 도시락
맛있게 먹으렴

각시 밥을 먹어야
할 나이에   엄마손
기다리는 너희들

왜 이리 짠하고 아린지
어느 하늘아래   인연
기다리고 있을까

귀하게 키운아들
이리 늦될 줄이야
나의 소원 이루어주렴

꽃잎

세월의 흐름 따라
왔다가 떠나가는
애잔한 모습들에
왜 이리 가엾을까
화려함 그 뒤 아쉬움
낙화하는 꽃잎들

꽃잎들 땅바닥에
힘없이 누워있고
빗물들 심술부려
둥둥둥 떠나가네
새로운 둥지 찾아서
고이고이 쉼 하렴

뜨락에서 (2)

비온 뒤 맑은 하늘
파아란 청초한 빛

청아한 둘레 길에
꽃망울 피어나고

뜨락엔 빛나는 햇살
반짝이며 머무네

어디로 달려볼까
떠나고 싶음이야

상큼한 꽃내음에
가슴이 심쿵심쿵

그리움 꽃처럼 피어
그대 찾아 떠나리

제3부

꽃들의 향연

94_ 추억의 길

보리밭

새파란 푸르름이
끝없이 펼쳐진 곳
바람이 휘이휘이
물결은 출렁출렁
들녘의 보릿고개 꿈
아련하게 물든다

작은 손 이파리들
촘촘히 어우러져
노란 꿈 키우면서
한가득 넘실넘실
해 맑은 웃음소리가
보리밭에 퍼지리

사람아

늘 그리움 속으로 둥둥
생각나고 떠오르는 사람
문득문득 아련함으로
추억하고픈 그리운 사람아

늘 향기가 머무르는 사람
언제라도 손 내밀면
덥석 따스한 손 잡아주고
사랑으로 감싸주는 사람아

어깨 토닥이며 용기주고
변하지 않는 푸르름으로
지켜주고 감싸주는
둥개둥개 사랑하고픈 사람아

늘 그 자리에서 버팀목 되어
한결 같은 고운 마음으로
아껴주고 사랑해주는
큰 나무 같은 내편인 사람아

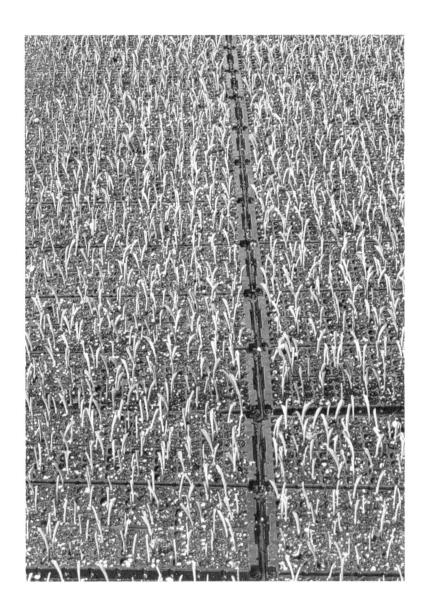

꿈을 심는 계절

살포시 내려앉은
햇살에 꿈을 심는
들녘은 싱그럽고
새싹들 아기 같은
모습에 벅참뿐이야
무럭무럭 자라렴

뾰족이 일어서서
세상 밖 구경나온
옥수수 새싹들은
일제히 키 재기야
마른 몸 물 흠뻑 먹고
와글와글 좋아라

싸리꽃

포근한 날씨 속에
하루의 빛깔들은
푸르름 짙어가고
봄바람 살랑살랑
저 멀리
아지랑이는
스멀스멀 오르네

싸리 꽃 향기 폴폴
머리는 어질어질
토해낸 꽃향기는
바람타고 달음박질
흰무리
꽃동산 속을
행복하게 달리네

벚꽃

별나게 톡톡 튀는
특별한 벚꽃나무
한그루 나무에서
각각의 다른 색깔
독특한 벚꽃의 유혹
신기방기 입이 쩍

사람들 소곤소곤
두 눈에 담아두려
사진을 저장하고
벚꽃은 울긋불긋
화려한 모습이 일품
봄 찾아온 꽃송이

회갑 여행 / 윤영 송연화

소녀같은 풀각시들
며느리가 엄마되어
시댁을 섬기면서
아들 딸 낳아길러
한 평생 알뜰 살뜰이
한몸던져 살았지

고생한 보람찾아
제주도 회갑여행
친구들 어울림에
고생한 지난세월
한순간 잊어 버리고
하하호호 즐겁네

이런들 어떠하리
저런들 어떠하리
남은세월 아끼면서
우정과 사랑으로
멋지게 살아 보세나
우리들은 동갑네

회갑 여행

소녀 같은 풀각시들
며느리가 엄마 되어
시댁을 섬기면서
아들 딸 낳아 길러
한 평생 알뜰살뜰
한 몸 던져 살았지

고생한 보람 찾아
제주도 회갑여행
친구들 어울림에
고생한 지난세월
한순간 잊어버리고
하하호호 즐겁네

이런들 어떠 하리
저런들 어떠 하리
남은 세월 아끼면서
우정과 사랑으로
멋지게 살아 보세나
우리들은 동갑네

산 괴불주머니 꽃

뚝방 산책길에 소복이
둘러앉은 작은 꽃송이
올망졸망 어여쁘다

이름도 생소하네
산 괴불주머니 꽃이라니
조롱조롱 노랗게 피었네

작은 꽃송이 모여 모여서
군락을 이루니 더 멋지고
아름답기 그지없다

독이 있으니 만지지 말고
눈으로만 보라고
당부의 말씀을 하시는 아저씨

꽃은 무조건 아름답다
저 마다의 향기가 달라
볼수록 상큼하니 새롭네

108_ 추억의 길

꽃과 나무

봄비에 꽃과 나무
좋아라 박수치고
둘레길 이곳저곳
방글이 피어나는
하룻길
멋진 모습에
둘러보며 즐기네

꽃 모종 세상구경
소풍 와 나풀나풀
눈요기 멋진 모습
꽃필 날 기다리네
언제쯤
꽃이 피려나
설렘으로 기다려

모종

예쁘고 앙증맞은
모종들 하늘하늘

햇볕과 물마시고
두 잎이 튼실하네

영양소
가득 머금고
싱그럽게 자라네

보름쯤 지난 후에
넓은 땅 집지어서

이사해 옮겨 줄께
총총히 예쁜 모습

멋지고
푸르게 자라
꿈꾸면서 지내렴

꽃등

가녀린 꽃대마다
조롱조롱 빨간 꽃등
굽이진 오솔길에
훤하게 불 밝히어
꽃 마중 등 걸어 놓고
기다려요 그대를

행여나 힘들어서
오시지 못할까봐
쉼터에 고이 쉬어
꽃놀이 즐기라고
잎줄기 사랑 엮어서
조롱조롱 걸었죠

파란 잎 싱그러움
살포시 춤을 추고
걸어둔 청사초롱
종소리 울리는데
새색시 사랑의 표현
고개 숙인 수줍음

꽃들의 향연

바람이 지나간 뒤
봄꽃들 울긋불긋

저마다 아름다운
자태를 뽐내면서

향기로
유혹을 하네
어질어질 봄 사랑

재 너머 고갯길도
뚝방의 모퉁이도

꽃들의 현란한 춤
벌 나비 모여들고

분 내음
꽃들의 향연
울렁이는 가슴아

116_ 추억의 길

해넘이

온 종일 동동거리며
산으로 들녘으로
보람된 일 찾아서
이산저산 두릅 수확
줄 곳은 너무 많은데
수확량은 부족해

내 정성 사랑으로
임들께 보내주면
첫 수확 산나물에
입맛들 살아날까
춘곤증 확 달아나면
건강하시겠지요

즐거운 마음으로
하루를 정리하며
신나게 룰루랄라
앞산을 쳐다보니
어느새 해는 서산에
잘 살았네 정말로

민들레 (2)

노오란 민들레꽃
뚝방에 가득피어
오가는 산책인들
꽃 마중 반겨주네
어쩌랴
멋진 이봄을
즐겨보네 마음껏

호젓한 뚝방길을
즐기며 걷는 이맘
이 세상 그 무엇도
이보다 좋을소냐
남들 삶
부럽지 않네
자박자박 꽃길에

꽃피고 새가 우는
시골의 멋진 풍경
두 사람 함께하는
정다운 둘레 길에
오늘도
감사함으로
고운 아침 열어요

풀꽃

들녘에 피어있는
봐주는 이 없어도
풀꽃들 소박하게
미소로 웃고 있다
고운 널 밭갈이로 싹
에이구야 어쩔까

비온 뒤 활짝 피어
온 밭을 꽃물결로
춤추고 물들이며
살포시 안겨오네
서러워하지 말거라
너 떠나면 피는 꿈

들녘은 연두색의
푸르른 작물들이
고운 꿈 묻어둘 밭
한가득 채워주리
그 속에 희망의 씨앗
남실남실 자라리

황톳길

유채꽃 향기가 부르는 날
살그머니 마음은 여행을
즐기려고 떠나네

이리 고울 수가 있을까
한 자락 가득피어
손짓을 곱게 하네

노오란 유채꽃밭
끝없이 펼쳐진 황톳길
꽃물결 속에 사랑이 핀다

답답하던 가슴이 뻥
보는 것만으로도
힐링이 되었어라

오감으로 느껴지는 향기
꿀 내음이 가득
즐거움의 하루였어라

꼬물이들

바람에 흩날리는
꽃잎들 꽃비 되어
우수수 가고 나면
희망의 열매들이
알토란 주렁주렁한
풍요로움 올 거야

커가는 성장과정
꼬물이 보는 것도
또 다른 고운희망
둘레길 이모저모
하룻길 벅참이어라
왜 이리도 좋을까

살며시 피어나는
부부의 미소 꽃에
농작물 건강하게
먹거리 풍성하게
눈 맞춤 입맞춤으로
건강 밥상 될 테지

챙기자 건강

해님은 구름 뒤에
가려서 꾸물꾸물
흐릿한 날씨여서
온몸이 나락으로
얼씨구 힘을 내보자
꼬물이들 보면서

영양제 건강식품
모두 다 중단하고
오로지 혈당관리
점점 더 어려워진
몸 건강 관리해보자
몸도 맘도 가뿐히

산과 들

산과 들 모든 생명
따스하게 품어준다

산책길 만난 꿩도
어여쁜 길냥이도

모두 다 넉넉함으로
품어주고 있었네

더불어 살아가는
자연의 신비함에

생명들 안주하며
그렇게 살고 있네

모두들 자연이 좋아
그 속에서 어울림

모종내는 날

비닐 속 구멍 뚫어
콕콕이 물주면서
모종을 심어본다
일모작 돌려짓기
옥수수 모종내는 날
벅참으로 일하네

도와준 이웃사촌
고맙고 감사해요
쪼그려 모종심고
허리와 무릎관절
얼마나 아프셨을까
걱정부터 앞서네

옥수수 수확하면
이모작 들깨심고
가슴이 콩닥콩닥
보람과 즐거움은
두 배로 둥근 달처럼
두리둥실 오겠지

초록 물결

연두는 초록물결
불러와 속닥속닥
사월의 끝자락에
풀내음 싱그러움
청초한
향기 뿌리며
내 마음을 헤집네

해맑은 햇살 퍼져
고요한 가슴속에
파문을 일으키며
마음에 스쳐가는
숲 바람
멋진 자연에
행복한 삶 누린다

제4부

그리운 임이여

청정계곡

청옥산 청정계곡
맑은 물 흐르는 곳
도시락 펼쳐놓고
나물 쌈 최고이네
그 누가 부러울쏘냐
신선놀음 최고야

깊은 산 맑은 공기
가슴이 뻥 뚫려서
기분이 상승이야
휘돌아 자연의 품
몸 건강 지켜 주려나
살랑거린 숲 바람

산딸기 꽃

길가에 산딸기 꽃
어여삐 피어있네
들짐승 날짐승들
먹이가 되어주고
저마다
훌륭한 역할
자연 속에 배우네

방긋이 올망졸망
형제들 다복하게
줄기들 얼기설기
서로들 의지하며
꽃동산
이루었구나
풍요로운 들녘에

산딸기 새콤달콤
빨갛게 익어 가면
오가는 들녘 손님
허기진 배 채우며
한 계절
살아가겠지
자연속의 어울림

고운 인연 / 윤영 송연화

배드란 울따리안
글로서 맺은사랑
우리는 자매라네
속내를 털어놓고
허물도 감싸주며

만날순
없을지라도
꽁냥꽁냥 지내죠

사랑이 별거더냐
안부를 주고받고
서로의 관심으로
정답게 살다보면

사랑의
고운 인연들
마음안에 살지요

고운 인연(1)

문학회 울타리 안
글로써 맺은 사랑
우리는 자매라네
속내를 털어놓고
허물도 감싸주며
만날 순
없을지라도
꽁냥꽁냥 지내죠

사랑이 별거더냐
안부를 주고받고
서로의 관심으로
정답게 살다보면
사랑의
고운 인연들
마음 안에 살지요

단비(2)

하늘은 부지런한
농부를 돕고 있다

단호박 심고 나니
단비가 포실포실

마른땅
흠뻑 적시니
어린 모종 춤추네

흙에다 뿌리내려
튼튼히 자라다오

건강한 꼬물이들
자라는 모습 보며

바라기
농심은 천심
웃으면서 살아요

고갯길

푸르름 가득 피어
고갯길 싱그럽다
녹음의 숲 우거져
긴 터널 장관이야
둘레길 데이트하며
건강부터 챙긴다

날마다 젊음인 줄
일 욕심 부리다가
나빠진 몸의 상태
돌봄을 잘해보자
운동도 열심히 하고
룰루랄라 지내자

자연과 더불어서
즐기고 살다보면
모두가 제자리로
본연의 자신 모습
반드시 돌아올 거야
걱정하지 않으리

등나무 꽃

보랏빛 등나무 꽃
파도를 타는 듯이

꽃송이 출렁출렁
꽃향기 바람타고

저 하늘
훨훨 날아가
향기로움 넘치네

어여쁜 보라돌이
꽃송이 송알송알

긴 머리 땋은 듯이
풍성함 남실남실

오오라
눈부심이여
달려가는 황홀함

오월의 다짐

오로지 즐겁게만
한걸음 쉬어가며
더디게 살아보자
값진 삶 헛됨 없이
나만의 오월의 다짐
건강회복 위하여

들녘은 초록물결
눈부신 싱그러움
저마다 찬란한 꿈
키우고 가꾸겠지
최선을 다해 살다봄
좋은 일이 올 거야

집착도 병이란다
애착도 버려두자
날마다 새로운 날
감동의 벅참으로
어깨가 무겁지 않게
욕심일랑 버리자

나의 사람아

그대의 고운 향기
스치는 하룻길에
혼자서 이리저리
척척척 어려운 일
묵묵히 일하는 모습
애처로워 짠하네

괜찮아 힘을 내요
웃으며 살자고요
그대와 살고 지고
수많은 세월가도
사랑해 나의 사람아
지금처럼 이대로

그리운 임이여

오월의 고운 햇살
곱게도 드리운 날
녹음은 점점 짙어
꽃내음 향기 속에
온 산하 푸른 옷으로
갈아입고 뽐내네

아버지 누워계신
고향의 그 곳에도
꽃물결 가득일까
앞산 뒷산 초록물결
해마다 찾아오는데
오지 않는 임이여

어버이날 무덤가에
카네이션 꽃바구니
불효 딸 이 여식은
한 아름 올릴 게요
아버지 보고 싶음에
마른 울음 삼켜요

육남매 사이좋게
인정을 베풀면서
아버지 유언대로
헐뜯지 아니하고
동기간 뜻과 맘 합쳐
어머니께 효도해요

뜨락의 주인공

눈뜨면 마주하는
뜨락의 주인공들
꽃모종 나폴 대며
실하게 쑥쑥이야
꽃피울
무언의 언약
사랑으로 만나자

얼마나 있어줄래
긴 시간 동고동락
깊은 정 들어볼까
벌써부터 두근두근
고운 꽃
분내 나는 향
기다리고 있단다

꽃등 빛나고

담벼락 사이사이
고운 꽃 울긋불긋
치장을 화려하게
수줍어 곱게폈네
오가는
발걸음 멈춰
쉬어가게 하누나

가로등 마주하고
불 밝혀 반짝반짝
화사함 요염하게
뿜어낸 꽃향기에
황홀한
꽃등 빛나고
어질어질 꽃 사랑

어린이날

오월의 푸르름을
한가득 펼쳐놓고
그윽한 풀꽃 향기
만취한 어린이날
손주들 보고 싶어서
달려가는 이 마음

할머니 할아버지
불러주는 재롱 꽃에
넋 나간 사람처럼
웃음보 터졌다네
오늘은 사는 맛 최고
재롱 꽃에 해 지네

손주들 용돈주고
챙겨간 먹거리들
캠핑장 나눔으로
며느리 좋아하네
치솟는 사랑이여라
내리사랑 덕일세

애기똥풀

진노랑 애기똥풀
들녘에 가득 피어
바람에 하늘하늘
나비가 날고 있네
그 모습
아름다워라
아장아장 아가여

들녘에 일하다가
다쳐서 상처 나면
꺾어서 진액 쓱싹
바르고 문지르네
그 자리
덧나지 않고
사라지고 말지요

눈부신 5월

산과 들 녹음 짙어
까르르 웃음소리
허공을 가르는 듯
바람은 그네 타네
들녘은 눈부신 오월
햇살 아래 물드네

노오란 송홧가루
사랑을 맘껏 하고
장독 위 사뿐 앉아
손길이 바쁘구나
하룻길 짧은 햇살에
정신없이 달리네

텃밭은 모종들로
꽉 채워 꿈을 심고
날마다 키움으로
즐겁게 바라보네
메마른 가슴 채워줄
보약 같은 농작물

놀이터

어쩌다 몹쓸 전염병이
돌고 돌아 나의 놀이터가
즐거운 음악이 멈춘 지
오랜 시간 지났다

인사차 발걸음 해주시는
단골손님들 힘내라시며
용기주고 그간의 안부로
차 한 잔의 여유 즐겨본다

'곧 좋아지겠지요' 라고
대답 하면서도 쓸쓸한 기분
떨쳐버릴 수가 없다
하하 호호 시끌시끌 그립다

모두들 건강한 모습으로
즐거운 일상의 일터에서
맘껏 웃을 수 있는 그런 날
돌아오기를 기다려본다

내 사랑은

진분홍 금낭화 꽃 조롱조롱
다리를 놓아 나란히 나란히
가득 피웠다

내 사랑은 그대를 따르렵니다
고운 꽃말을 지닌 꽃
복주머니를 닮은 듯한 네 모습

줄기가득 가지런히 피어
향기의 아름다움 뿜뿜
형제들 올망졸망 모였어라

사랑의 하트 복주머니 꽃
볼수록 앙증맞고 신기해서
뜨락으로 발길을 옮기네

돌 틈새 곱게 피어있는
아름다운 금낭화 꽃
꿀벌들의 놀이터 되었어라

열무김치

싱싱한 열무 뽑아
다듬고 손질해서

양념에 버무리다
맛있게 잘팍잘팍

첫 수확
나눔의 김치
뿌듯한 맘 최고야

소소한 먹거리로
이웃의 어른들께

인심을 쓰고 나니
피곤함 사라지고

한순간
기쁨이 두 배
두리둥실 사는 맛

흰 구름

몹시도 바람 불고
스산한 들녘에는
바람에 찢기어진
비닐은 펄럭이고
하늘을
훅 쳐다보니
아름답고 예뻐라

호수 같은 파란하늘
흰 구름 몽실몽실
여행길 떠나가는
머나먼 추억의 길
그립고
보고 싶은 맘
저 구름은 알겠지

아카시아 꽃

송알송알 아카시아 꽃
흐드러지게 피어
내뿜는 달콤한 향기에
숨이 멎을 듯이 황홀함
그 자체 발광이다

초여름이라서 좋다
춥지도 덥지도 않은
꽃들의 향연에
메마른 가슴에도
달달한 꽃이 핀다

추억속의 오솔길 따라
소 풀 먹이며
동무들과 어울려
아카시아 꽃 따서먹고
앞머리 꼬불이 만들었지

즐거운 소꿉놀이에
하루해 짧기만 했는데
아카시아 단물 빼먹던
순수한 그 동무들이
지금 마냥 보고 싶네

174_ 추억의 길

솔바람

숲 속의 이야기가
소곤소곤 펼쳐진다
솔바람 타고 솔솔
노오란 송홧가루
두둥실 내려와 앉아
온 집안을 휘젓네

손끝이 너무 아려
청소도 힘이 들고
호수로 물 뿌리며
설렁설렁 움직이네
나 홀로 챙기는 건강
걱정부터 앞서네

앞산이 희뿌옇게
멀게만 느껴지는
자연의 사랑사랑
꽃피고 열매 맺고
짙푸른 초록들 세상
어서어서 오너라

제5부
하얀 조각배

하루

녹음의 짙은 향기
청아한 새들 노래
소소한 하루일상
맑음으로 응원하고
하룻길 설레게 하네
노래하자 목청껏

햇살과 동행하는
일상의 생활변화
보람과 안락함을
자연과 즐기면서
행복도 기쁨도 두 배
열정으로 달리자

사랑과 열정으로
삶의 질 높여가며
풀 향기 진동하는
자연의 품안에서
미소로 담금질하며
살폿살폿 살까나

180_ 추억의 길

벼 못자리

옹골찬 볍씨 소독
못자리 설치하고
온 동네 이웃사촌
모여서 싱글벙글
정답게 볍씨 붓는다
서로서로 품앗이

검은 천 덮어주고
물주고 사랑주니
연두색 벼 모종들
힘차게 쑥쑥 자라
생명의 논밭 찾아갈
그리움을 키우네

한 뼘씩 자란모종
연두색 여리여리
트랙터 써레질에
구경꾼 모여들고
모내기 준비 마무리
커피타임 즐기네

182_ 추억의 길

소소리바람

들녘에 내려앉아
피해를 주는 바람
어쩌니 싫다 싫어
농작물 성장 늦네
차가운 소소리바람
이별하고 싶구나

옥수수 단호박도
성장이 멈추었네
농사가 참 힘드네
한마음 혼연일체
하늘과 바람과 일기
풍년으로 가는 길

올해는 괜찮을까
온 마음 졸이면서
풍년을 기원하며
흙에서 얻은 보람
커가는 농작물 보며
소확행을 즐기네

184_ 추억의 길

너럭바위

힘든 몸 쉬어보렴
언제든 누구라도
물소리 싸락싸락
숲 바람 자연 속에
신선이 되어 볼까나
감미로운 세상아

윗동네 너럭바위
실개천 바위틈새
다슬기 옹기종기
집 짓고 살고 있네
생명들 자연과 함께
어울리며 있구나

끈드레 나물

산더미처럼 쌓인
곤드레 나물
다듬고 손질하고

삶아 깨끗이 씻어
한 팩 한 팩 담아서
급 냉동 시켜 보관

지금부터 쭈욱
내년 이맘때까지
다양하게 요리할 것이다

지지고 볶고 무침으로
생선 조림으로
곤드레 밥으로

식탁에서의 즐거움
가족들의 따스한 대화
언제한 사랑 리필이다

비는 내리고

연이어 비 내리고
텃밭의 농작물은
키가 쑥 몰라보게
변해서 기쁨주네
모두들 영양분 먹고
쑥쑥이로 자라네

한순간 바라보는
기쁨과 보람들이
피로를 풀어주네
초록의 사랑이들
주인을 반겨주는 듯
하늘하늘 춤추네

그리움

그리움 풀어놓고
추억 속 헤맨다오
고운임 가신 그길
찔레꽃 가득피어
눈물로 보내 드렸죠
내 그리운 임이여

찔레순 껍질 벗겨
아가야 너 먹어라
건네준 그 손길이
왜 이리 그리운지
무심히 지난 그 세월
눈물 나게 그립소

어머님 그리운 날
안을 수 없음인데
왜 이리 보고픈지
하늘도 내 맘인가
주르륵 눈물 흘려요
평안히 잘 계셔요

붉은 아카시아

색다른 아카시아
붉은 꽃 조롱조롱
하이얀 꽃무리 속에
섞여져 피어있네
향기의
고운 모습에
쳐다보게 되누나

오가는 손님들은
식당 앞 서성이며
좋아라 웅성웅성
핸드폰 사진 담고
신기해
툭 던지는 말
정말 곱다 하시네

하얀 조각배

파란 하늘에 홀로
떠있는 낮달 조각배
두둥실 흰 구름 속
외로운 항해

어디로 가는 걸까
서쪽나라 임 계신 곳
별 동네 둥실둥실
찾아 가겠지

머나먼 하늘바다
외로이 떠있는 낮달
구름 속 헤치고 둥둥
보일 듯 말듯

내 그리운 사연실어
임의 곁으로 전해주려나
한 올 한 올 그리움
심고 있다고

196_ 추억의 길

숲길

신선한 이 아침에
행선지 정해놓고

건강을 챙겨가며
둘이서 함께 걷는

상큼한
숲길 데이트
자연 품속 즐기네

숲길의 아늑함에
이야기 두런두런

신선한 숲 바람에
새들도 노래하고

하루의
소소한 일상
푸른빛을 즐기네

아름다운 동행

하늘빛 고운 이야기와
상쾌한 바람의 흔들림에
잠심 쉼을 얻어요

향기 나는 꽃 한 송이에도
감사와 찬사를 갖게 하는
이 계절이 주는 여유로움

꽃잎이 스쳤던 자리들
그리움이 호수처럼 고여
눈물 깊은 마음자리들

오늘은 부부의 날
모자람 서로 감싸주며
배려와 사랑과 존중으로

사랑이 무르익는 멋진 날
상큼한 꽃향기처럼 고운 날
깊고 넓은 그대와 나였으면

사랑 할 수 있으므로
사랑 받고 있으므로
아름다운 동행길이죠

내 편인 당신

자상한 당신만나
천하를 다 얻었죠
몸 건강 챙기라고
늘 함께 걷기운동
언제나 내편인 당신
진심으로 고맙소

이제는 당신위해
조금은 내려놓고
즐기며 살자고요
마누라 온 맘으로
그대 편 되어 줄게요
아끼면서 살아요

한 세상 살다보면
닮은꼴 된다는 말
맞는 말 인가 봐요
눈빛만 바라봐도
서로의 맘 알아가니
알콩달콩 내 사랑

고운 인연(2)

하늘의 맑음으로
고운 땅 기운으로
자연의 바람으로
농작물 가꾸면서
희망과 꿈의 언저리
사랑으로 핍니다

끈끈한 정 나눔이
마음을 움직이고
그립다 보고 싶다
수 없이 말하면서
진실한 사람의 도리
섬김으로 지내요

하루가 멀다 하고
목소리 들려주고
위로와 격려말씀
토닥여 힘을 주죠
큰 재산 고운 인연을
하늘에서 내렸죠

찔레꽃 향기 따라

호젓한 뚝방 길을
산책을 하다보면
하얗게 핀 찔레꽃
춤춘다 나비처럼
황홀한
찔레꽃 향기
가득가득 넘치네

들녘을 가득 덮는
향기에 취해버려
넘치는 이내마음
즐겁기 한량없네
서로를
바라보면서
기쁨으로 달리네

고운 맘 살랑살랑
덩달아 콩닥이며
찔레꽃 향기 따라
타박타박 걷다보니
지나간
아련한 추억
꽃물 속에 물드네

아침의 텃밭

아침을 알리는 뻐꾸기
노래 소리와 이름 모를
새 소리에 창문을 열고
오늘을 만나봅니다

코끝을 스치는
바람의 상쾌함을
만끽하면서 괜스레
설레게 하는 아침입니다

입가에 미소가
저절로 만들어지고
즐거운 일터 편안함에
행복 지수는 높아만 갑니다

맑고 깨끗한 봄 날씨
옥수수 곁가지 따주면서
땀으로 얼룩져도
맘은 하늘도 날 것 같아요

푸르름이 가득 내려앉은 텃밭
농작물 이파리 사이사이
동글동글 수정 같은 이슬
가득 담고 무럭무럭 자라죠

표고버섯

시동생 나눔 해준
참나무 종균 넣고
물주고 관심주고
어, 어라 고운모습
동그란 표고버섯이
고개 들고 나왔네

여기서 저기서도
즐거운 비명소리
버섯들 속닥속닥
주인을 불러주네
오월의 고운 덤 되어
찾아주는 즐거움

표고밥 해먹을까
강된장 만들어서
입맛을 살려볼까
해질녘 저녁밥상
괜스레 기다려지네
솜씨자랑 해보자

비료 주기

해거름 늦은 오후
옥수수 비료주기
딱따구리 구멍 파서
한줌씩 밀어 넣고
옥수수 풍년 오기를
빌고 비는 농부 맘

서산에 걸터앉은
하루해 바라보며
맘자리 바빠지네
못 다한 비료주기
다음날 미루어 두고
기쁨으로 마무리

양귀비 축제

그리움 남실남실
어디를 떠나볼까
발길을 서곡마을
입장과 빨간 우산
들녘엔 인파들 북적
그리움이 떠나가네

고운님 오시라고
꽃잎들 하늘하늘
가녀린 꽃대공은
춤추며 손짓 하네
꽃길엔 우산들 둥둥
하하 호호 즐기네

화사한 양귀비꽃
사진에 가득 담아
소중히 보관하리
떠나면 못 볼 것을
양귀비 한마당 축제
넘실넘실 꽃물결

장밋빛 순정

살며시 품어주는
고운임 사랑이야
은은한 꽃향기로
탐스런 꽃송이로
꿈꾸는
장미 빛 순정
지상낙원 이여라

울타리 올망졸망
장미꽃 아름아름
가시를 가득품고
지어미 모습으로
고운임
오실 그날을
기다리고 있구나

꽃 사랑 품은 순정
변할 수 없음이야
피눈물 흘리면서
접은 꿈 피웠어라
오월의
끝자락에서
사랑 찾아 오시리

카페에서

병원을 내원하고
처방전 받아드니
기쁨의 눈물 왈칵
그동안 맘 졸였지
끝내자 지옥 탈출을
이제부터 시작이야

좋아서 방방 뛰는
내 마음 알았는지
그동안 애썼다고
카페에서 위로 하네
노력해 얻은 몸 건강
알콩달콩 지내리

허투로 살지 말자
귀한 몸 보석처럼
아끼고 사랑하며
마지막 순간까지
명품의 사람 되어서
봉사하며 살리라

□ 서평

행복의 뜨락에서 글로 쓰는 추억 사진

최 봉 희(시조시인, 평론가, 글벗 편집주간)

 행복은 추억과 함께 한다. 송연화 시인의 행복 이벤트는
언제나 글 쓰는 일이었다. 바쁜 농사일을 하면서도 이웃과
더불어 살면서도 그리고 가족과의 여행에서도 그의 삶은
언제나 글을 쓰는 삶, 행복한 추억의 길이었다.
 그러면 송연화 시인의 하루의 삶은 어떤 모습일까?

    상큼한 아침햇살
    마당에 드리우고
    장독대 따스함이
    손끝에 전해오는
    소중한 하루의 일상
    행복한 집이라오

    분주히 왔다갔다
    방앗간 다녀오고
    들기름 고춧가루
    하나 둘 준비하며

한해의 먹거리 준비
내 손끝에 달렸네

새들이 몰려와서
신이나 노래하고
즐거운 나의 집은
언제나 시끌벅적
일상을 보내는 하루
즐거움이 넘치네
- 시조 「하루의 일상」 전문

 그의 추억은 아침부터 시작해서 저녁에 이르기까지 새들
이 노래하는 자연에서 즐겁게 시를 쓴다. 그 때문에 한 해
의 농사를 짓는 그의 가정은 행복의 뜨락인 셈이다. 그 때
문인가 시인은 항상 즐거움이 넘치고 노래가 넘친다. 어쩌
면 이는 자연과의 교감이고 가족과의 화목이리라.
 프랑스의 시인 르네 샤르(Rene Char)는 "산다는 것은 하
나의 추억을 완성하기 위하여 집요하게 애쓰는 것이다"라
고 말한다. 미국의 작가 헬렌 켈러도 역시 "어떤 사랑하는
친구들의 기억이 내 마음속에 살아 있는 한 나는 인생이
좋다고 말할 것이다."라고 말한다.
 지금껏 송연화 시인이 발간한 열다섯 권 시집의 특징은
항상 추억의 사진을 담고 있다. 하루의 일상을 사진과 글
로 남긴 것이다. 시인은 그렇게 오래도록 시집을 출간하면
서 자신의 일상을 빠짐없이 조목조목 담고 있다. 사진과

글의 가장 좋은 점은 사진 속 인물이 변하더라도 그 안에 담긴 추억은 결코 변하지 않는다는 것이다. 그래서 추억은 우리의 마음을 따뜻하게 해준다. 사람은 오고 가고 계절은 변해도 추억은 영원히 남기 때문이다.

 이에 필자는 감히 이렇게 말하고 싶다. 추억은 나를 담고 나를 사랑하는 것이라고. 있는 것을 절대 잃지 않고 사라지는 기억을 붙잡는 것이라고 말이다. 시를 쓰면서 인생의 길을 가로질러 여행을 하다 보면 잊지 못할 추억이 많이 쌓이기 마련이다. 어떤 기억은 잊히지 않고 생생하게 가슴에 뭉클하게 남아 있다. 그 추억은 바로 우리의 재미를 아름답게 한다. 어린 시절의 추억을 떠올리다보면 옛 친구가 떠오르고 궁금해진다. 물론 가슴 아픈 나쁜 기억도 있다. 그렇지만 글로 남겨서 그 아픔을 치유하는 것도 하나의 방법이라고 할 수 있다.

긴 시간 기다렸다고
진달래꽃 앞동산을
연분홍으로 물들이고
설렘으로 울렁인다

짧은 만남이지만
그 여운은 오래도록
가슴이 멀미나도록
진하게 머무른다

진달래 꽃잎 따서
찹쌀가루 화전 만들어
동네 할머니들께
추억을 선물할까

좋아라 하실까
정신이 오락가락
손등 꼬집는 할머니
화사하게 웃으실까
– 시 「진달래꽃」 전문

　요즘은 진달래꽃으로 화전을 만드는 이가 얼마나 있을까?
동네 어른에게 추억을 선물하는 시인의 마음이 애틋하다.
이렇게 추억은 우리의 가슴을 따뜻하게 한다.
　어느 날, 송연화 시인이 내게 전화가 왔다. 모 시인으로부
터 시집에 사진을 넣는 것은 좀 그렇다는 의미의 질책을
받은 듯하다. 요즘 추세가 시집에 추억의 사진과 함께 자
신의 삶을 담는 것이 유행이라고 말한 바 있다. 나름대로
의미 있는 출간이라며 본인이 원하면 언제든지 시 작품만
담긴 시집을 출간 가능하다고 말한 적이 있다.
　추억은 특별한 순간을 영원히 간직하기 위해서 마음으로
찍은 사진이다. 그렇기에 글쓰기 역시 자신의 추억을 더듬
어서 기록하는 인생의 기록 장치다. 송연화 시인에게 글쓰
기는 바로 추억을 저장하는 장치인 셈이다.

몹시도 바람 불고
스산한 들녘에는
바람에 찢기어진
비닐은 펄럭이고
하늘을
훅 쳐다보니
아름답고 예뻐라

호수 같은 파란하늘
흰 구름 몽실몽실
여행길 떠나가는
머나먼 추억의 길
그립고
보고 싶은 맘
저 구름은 알겠지
– 시 「흰 구름」 전문

케빈 아놀드는 "기억은 당신이 사랑하는 것, 당신의 존재, 결코 잃고 싶지 않은 것을 붙잡는 방법이다."라고 말한다. 송연화 시인은 지금 내 인생에서 무슨 일이 일어나든 나를 미소 짓게 하는 이 무작위의 잊을 수 없는 추억을 기록하고 있는 것이다. 다시 말해 글쓰기는 마음으로 찍는 사진인 것이다.

늘 그리움 속으로 둥둥
생각나고 떠오르는 사람

문득문득 아련함으로
추억하고픈 그리운 사람아

늘 향기가 머무르는 사람
언제라도 손 내밀면
덥석 따스한 손 잡아주고
사랑으로 감싸주는 사람아

어깨 토닥이며 용기주고
변하지 않는 푸르름으로
지켜주고 감싸주는
둥개둥개 사랑하고픈 사람아

늘 그 자리에서 버팀목 되어
한결 같은 고운 마음으로
아껴주고 사랑해주는
큰 나무 같은 내편인 사람아
― 시 「사람아」 전문

송연화 시인은 어느덧 시집 열다섯 권을 발간했다. 사실
시집 전체가 어렴풋한 이미지로, 희미한 윤곽으로밖에 남
지 않은 기억을 더듬어가는 위대한 작업이다. 그래서 나는
어느 시인보다도 그를 존경한다. 이순의 나이를 지나서 열
다섯 개의 파편과도 같은 기억들은 시집마다 등장하는 일
인칭 화자 '나'의 목소리를 통해 통일성을 얻고 전해진다.
어쩌면 개인의 역사이자 기록이면서 추억이기도 하다.

송알송알 아카시아 꽃
흐드러지게 피어
내뿜는 달콤한 향기에
숨이 멎을 듯이 황홀함
그 자체 발광이다

초여름이라서 좋다
춥지도 덥지도 않은
꽃들의 향연에
메마른 가슴에도
달달한 꽃이 핀다

추억속의 오솔길 따라
소 풀 먹이며
동무들과 어울려
아카시아 꽃 따서먹고
앞머리 꼬불이 만들었지

즐거운 소꿉놀이에
하루해 짧기만 했는데
아카시아 단물 빼먹던
순수한 그 동무들이
지금 마냥 보고 싶으네
  − 시 「아카시아 꽃」 전문

　각각의 시집에서 시인은 자식을 생각하는 '어머니'이고 남
편과 함께 시골에서 농사를 짓는 '아내'이자, 날마다 시를
쓰는 작가다. 또 '나'는 부모와 살았던 마을에서 어린 시절
을 추억하면서 회상에 잠기는 딸이기도 하다.

오월의 고운 햇살 곱게도 드리운 날
녹음은 점점 짙어 꽃내음 향기 속에
온 산하 푸른 옷으로 갈아입고 뽐내네

아버지 누워계신 고향의 그 곳에도
꽃물결 가득일까 앞산 뒷산 초록물결
해마다 찾아오는데 오지 않는 임이여

어버이날 무덤가에 카네이션 꽃바구니
불효 딸 이 여식은 한 아름 올릴게요
아버지 보고 싶음에 마른 울음 삼켜요

육남매 사이좋게 인정을 베풀면서
아버지 유언대로 헐뜯지 아니하고
동기간 뜻과 맘 합쳐 어머니께 효도해요
– 시조 「그리운 임이여」 전문

 돌아가신 아버지에 대한 그리움을 적은 시 작품이다. 사
무치게 그리움에 살아계신 어머니께 효도하겠다는 다짐도
적고 있다.

흰 구름 떠다니는
파란 하늘엔
그리움 가득 실은
또 하나의 봄꽃 편지
구름 되어 흐른다

웃음 짓는 모습들
추억의 길 저편에
사연과 여운으로

삶을 떨리게 하고
봄바람 살랑인다

지상에 머무르는
조잘대는 봄바람
눈부신 햇살과
너무 예쁜 하늘빛에
두 눈이 퐁당퐁당

목련꽃 부끄러운
속살 들어내는 삼월
가슴속 아련함으로
멀어져간 추억들은
그리운 꽃 몽올몽올

푸르른 저 하늘가
흰 구름에 봄꽃편지
가득 실어 보내면
흘러흘러 도착하겠지
내 그리운 사람에게로
— 시 「추억의 길」 전문

송연화 시인이 시 작품에 담긴 추억은 한마디로 그리움이
다. 그 그리움은 조금도 슬프지 않다. 오히려 행복한 그리
움이다. 봄꽃 편지로 혹은 봄바람으로 마음을 설레게 한다.
눈부신 햇살과 아름다운 하늘빛, 그리고 목련꽃으로 다가

오는 설렘이 가득한 그리움이다. 왜냐하면 그가 사는 곳은 행복의 뜨락이기 때문이다.

　　비온 뒤 맑은 하늘 파아란 청초한 빛
　　청아한 둘레 길에 꽃망울 피어나고
　　뜨락엔 빛나는 햇살 반짝이며 머무네

　　어디로 달려볼까 떠나고 싶음이야
　　상큼한 꽃내음에 가슴이 심쿵심쿵
　　그리움 꽃처럼 피어 그대 찾아 떠나리
　　- 시조 「뜨락에서」 전문

　연둣빛 초록물결은 세월을 불러와 속닥이고 자연의 끝자락에 풀내음은 싱그럽다. 청초한 향기는 시인의 마음을 사로잡기에 충분하다. 거기에 맑은 햇살이 퍼지고 고요한 가슴 속에 파문을 일으키는 숲 바람이 부는 멋진 자연에서 시인은 행복한 삶을 누릴 수밖에 없다. 바로 시인이 사는 곳이 행복의 뜨락이다. 자연과 더불어 글을 쓰는 삶은 얼마나 행복한가.
　시인은 오늘도 글로써 행복의 뜨락에서 추억의 사진을 찍는다. 어느덧 열다섯 번째 시집 『추억의 길』은 곧 시인이 사는 행복의 길을 걷고 있음을 말하고 있다. 앞으로도 그의 행복이 이웃에게 따뜻하게 전해지길 소망한다. 언제나 그의 건승과 행복을 기원한다.

■ 글벗시선153 송연화 시인의 열다섯 번째 시집

추억의 길

인 쇄 일 2021년 12월 24일
발 행 일 2021년 12월 24일
지 은 이 송 연 화
펴 낸 이 한 주 희
펴 낸 곳 도서출판 글벗
출판등록 2007. 10. 29(제406-2007-100호)
주   소 경기도 파주시 와석순환로 16,(야당동)
      롯데캐슬파크타운 905동 1104호
홈페이지 http://guelbut.co.kr
E-mail juhee6305@hanmail.net
전화번호 031-957-1461
팩   스 031-957-7319
가   격 15,000원
I S B N 978-89-6533-200-8 04810